teju jagua

teju jagua

rua do cajú, 478,
jardim das cerejeiras
06724-015
cotia-sp (brasil)

rua manuel pacheco nobre, 128 - 5º esquerdo
2830-080
barreiro (setúbal)
portugal

[+351] 928053619 [portugal]
[+55] 11 9 4859 2 426 [brasil]

www.editoraurutau.com.br
contato@editoraurutau.com.br

[editora]
debora ribeiro rendelli
[revisão]
marcella sarubi
[projeto gráfico]
victor h. azevedo
[coordenação gráfica]
tiago fabris rendelli
[diagramação]
victor h. azevedo
[capa]
colagem de victor h. azevedo

dados internacionais de catalogação na publicação (CIP) de acordo com ISBD

mattoso, ana clara
m444 terra viva no avesso do mar / ana clara mattoso. - cotia : teju jagua, 2023. 80 p. ; 13cm x 19cm.

ISBN: 978-65-85660-00-6

1. literatura brasileira. 2. prosa. I. título.

2023-1724 CDD 869.985
CDU 869.0(81)

elaborado por vagner rodolfo da silva - CRB-8/9410

TERRA VIVA
NO AVESSO DO MAR

ANA CLARA MATTOSO

[primeira edição]
TEJU JAGUA
julho de 2023

sumário

[7] I
[9] UM TEMPO ANTES DO TEMPO ONDE NÃO HAVIA MAIS TEMPO
[17] UM TEMPO QUANDO O TEMPO SE ENRAIZAVA

[27] II
[28] AQUELA QUE TUDO VÊ, TUDO ESCUTA E TUDO SENTE
[38] AQUILO QUE NASCE DAS ÁGUAS E DAS TERRAS

[41] III
[42] ALGUÉM QUE VEIO DE LONGE
[52] ALGUÉM QUE JÁ DESAPARECEU

[59] IV
[60] BROTAR
[65] ESCAPAR

[69] V
[70] ONDE HÁ FATOS HÁ FÁBULA
[75] ONDE HÁ FERRUGEM HÁ SONHO

À terra úmida e a todos os seres que nela fabulam seus refúgios.

Ao meu avô Abílio, que sempre sonhou em um dia me ver escritora.

I

Onde estávamos? Seria o corpo uma fronteira maleável, adaptável? Um momento anterior à fusão: corpo experiência e experimento — espaço controverso. Existem outros seres que habitam o corpo físico de qualquer bicho. Sempre existiram. Mas a disputa por autonomia, poder e controle de um corpo costumava acontecer por embates de sobrevivência. Não necessariamente de criação. Agora as fronteiras entre as diferentes vidas que habitam uma existência parecem cada vez mais borradas. Coexistir ou se apropriar? Você vê a carne de dentro tornando-se pele? Os ovos do nosso ventre se lançam no escuro: um vazio incontornável, muito plural, muito vasto, específico e ao mesmo tempo semelhante. Retornam numa onda e, nela, engolem certezas, devolvem à areia apenas um rastro do que já fomos algum dia. Vestígios de humanidade dão conta de estabelecer possíveis historicidades. Cronologia vaga de memórias confusas noticiam a modernidade como um sonho sonhado por poucos, um sonho de verão tropical nas terras de um novo e exótico mundo. Pois este mundo proclama: a mistura é a nova ordem.

Um tempo diferente começou sem marco temporal. Aqui o moderno nunca existiu. O que emerge, um dia se decompõe.

UM TEMPO ANTES DO TEMPO ONDE NÃO HAVIA MAIS TEMPO

Aquele era um tempo de festa no balneário. Uma festa feita de longas esperas. Espera delas, que esperavam ansiosamente pelo dia em que seus maridos retornariam à cidade vizinha, retomando seus postos nas refinarias de petróleo e deixando-as finalmente sozinhas nas casas de veraneio. E minha, que esperava que elas viessem até mim em seus momentos de solidão, quando juntos podíamos inventar algum outro jeito de existir. Nessas horas, nós também estávamos em festa. Mas para os *capitães* a festa era diferente. Era uma festa feita de excessos, de um mundo que eu não entendia. Quando estavam na Praia e se aproximavam de minhas águas, era uma aproximação distante, isolada. Não havia em seus corpos o interesse de se integrar, de participar e partilhar o que quer que fosse. De criar uma nova e singular existência, mesmo que breve, mesmo que apenas no tempo infinito de um único mergulho. Não. O mergulho dos capitães era definido por um nado imponente, arrogante. E ainda assim, raras eram as ocasiões que se permitiam a tal entrega. A verdade é que minha grandiosidade os assustava. Minha imprevisibilidade colocava à prova a soberania dos homens, sua própria coragem e seu desejo de controle. Alguns se arriscavam com gracejo e liberdade, eram destemidos, gostavam do perigo e do desconhecido, queriam se sentir livres e distantes dos olhares de seus similares. Poucos capitães se permitiam a tal cortejo. Os que se permitiam costumavam ser os mais jovens, os que não se importavam em tirar as roupas e mostrar seus corpos, os que queriam uma dose de diversão e de adrenalina. No entanto, eles eram exceção. A maior parte deles simplesmente resguardava certa distância entre nossas peles — as deles permaneciam vestidas com suas camisas sociais, calças rígidas e charutos nas bocas. Avistavam meu infinito através da fumaça e dele só pensavam em qual seria o próximo passo, como poderiam avançar mais, extrair mais e enriquecer mais.

Eu não me importava com esses homens. Eu me importava com aqueles poucos nos quais eu conseguia sentir o instinto pulsar de seus poros. Algo que aprendi se chamar paixão. Mergulhavam de rompante, riam alto, agarravam as esposas, beijavam seus pescoços e as jogavam dentro de mim. Enquanto os corpos dos apaixonados se entrelaçavam, eu atravessava suas brechas.

Eu gosto dessa sensação.

(Gosto de sentir os arrepios nas peles humanas. Os pelos eriçados, os pés balançando para se manterem de pé, a força que fazem para se adaptarem à ausência de chão. Os dentes que batem, tentando resistir ao frio, as peles que tremem em arrepios súbitos por se entregarem às águas geladas. Mesmo que com certa hesitação. Gosto quando o meu sal adere às suas carnes, deixando as bocas rachadas e as texturas dos cabelos emboladas, ásperas. Mas o que eu realmente gosto é daquela sensação — a estranheza das experiências que nunca aconteceram antes e que em suas brechas eu posso me fundir.)

Aprendi que paixão é mais que uma palavra. Toda vez que as fusões incontroláveis aconteciam, eu a sentia dentro de mim. Com isso aprendi que algumas misturas sedutoras entre corpos diferentes escondem a invasão. Escondem o desejo de dominação. Escondem o ímpeto de controle.

Mas não por muito tempo.

Em uma noite de lua, os guarás anunciaram a intrusão dos capitães em nossos solos com uivos que perfuravam a noite. Eles comunicavam aos seres terrestres e marinhos para tomarem cuidado, pois não era inocente a permanência desses homens em terras nas quais sempre seriam estrangeiros. Seus grunhidos e rosnados foram compreensíveis mesmo para quem vivia nas águas, águas salgadas ou doces, que, ao absorverem a rebeldia dos lobos, passaram a se movimentar intensamente. Eu respondi com selvageria. Percebi que o Rio estava sendo barrado, que suas margens não mais me alcançavam com a mesma força, que nosso encontro estava enfraquecido.

Pois dizem que os lobos sabem dos segredos da lua, e que são mensageiros da mudança. Quando um lobo uiva como aqueles guarás uivaram, sabe-se que é chegada a hora de se movimentar.

Aquele foi o fim dos tempos de festa. A festa que os capitães acreditavam ser eterna, eu determinei que acabaria. De um jeito ou de outro. Porque, quando pisaram pela primeira vez nesta Praia, aproveitaram-se que em mim ainda existia curiosidade. Mesmo com certa desconfiança, muitas vezes eu vinha manso, acolhendo aqueles que quisessem ter comigo um momento de imensidão. Noutras assumia meu corpo indisciplinado e imprevisível, como um aviso para que não se esquecessem que em mim também se guardavam perigos. Pois quem é filho do Mar sabe que as ondas são como feitiço, assim como encantam, matam. Mas os capitães não foram feitos dessa mesma carne. Não tinham a maresia integrada a suas peles, olhos e narinas. Não sabiam reconhecer a hora de recuar e a hora de avançar. Desconheciam as horas em que o vento bufa de repente, trazendo a tempestade que chega antes do calafrio, em um dia quente de verão. Então eu os avisava. Antes do fim da festa, eu ainda os avisava.

Com os ancestrais dos capitães, já tinha aprendido que guerra significa disputa por aquilo que não se pode possuir, mas que os homens pensam que podem dominar. E que, por meio da conquista e dominação, a posse torna-se então instituída. Minhas águas, nesse regime de posse, podiam ser perfuradas, atravessadas, até que finalmente alcançassem as vísceras dos solos, para depois serem extraídas e transformadas. Petróleo, na língua deles. Mas na língua da minha gente se chama sangue do mar. *Capitães*, os homens que me fizeram sangrar. Os homens que acham que o sangue deles é diferente do nosso. Que o meu sofrimento não vai ser o sofrimento deles. Homens que se separam e separam. Que têm medo do que não conseguem explicar, preferindo acreditar e instituir que o impossível não existe.

Era assim que sentiam as forças invisíveis ao meu redor. Não queriam assumir sua verdade num mundo que, para eles, já havia sido controlado. Um mundo que tem vida foge dos limites instituídos pelos capitães. Mas a nós isso não importa. Nós somos a Terra Viva com suas próprias vontades e movimentos. Um organismo que se comunica numa língua independente de palavras e que está sempre acordado, emitindo vibrações, sinais que saem das raízes das árvores e alcançam os rios subterrâneos dos solos. Em minha imensidão, eu respiro junto dos outros seres, e juntos também reagimos à intrusão dos homens que se negam a escutar o que temos a dizer. Como se eles também não falassem a língua da terra. Mas eu, que existo antes do tempo onde não havia tempo, um tempo imaterial, em espirais que não se encerram, sei que mesmo nas ruínas há vida. E como já vivi tempo demais, também já conheci bicho-gente diferente, bicho-gente que não se espanta com o mistério, mas que presta atenção na umidade que se altera, no vento que sopra diferente, na atmosfera abafada e nos cantos dos outros bichos que comunicam as mudanças do território. Esses bicho-gente escutaram o aviso dos guarás na mata.

Assim veio o tempo da revolta. Agora restam os cacos da festa para serem recolhidos. Porque eu avanço. Avanço cada vez mais feroz. Se eles querem me perfurar, eu reajo crescendo, tomando as suas construções e engolindo a terra que sempre foi minha. No dia que os lobos uivaram, eu respondi ao meu jeito, e outros também responderam. Uma mulher-bicho atiçou suas orelhas, farejou à distância e intuiu que aquele era o prenúncio de uma revolução. Saindo de seu ninho, aproximou-se da borda entre o manguezal e a Ilha, e respondeu com sons do próprio corpo, sem emitir qualquer palavra, que compreendia. Ela atenderia ao chamado.

A mulher, sendo filha do Mangue, era bicho mais indomável que qualquer bicho. Diziam que ela era um dos seus propágulos, uma semente que foi germinada dentro dele, fruto de um cruzamento com humano. Foi naquela noite, na noite em que os bichos da Ilha escutaram a terra tremer, pois a terra também respondeu aos lobos, que ela pariu sua única cria. A cria nasceu sem que a mãe desse um grito. Sentia o sangue das duas me tocando quente. As entranhas escorriam entre as pernas da mulher e se transformavam em Mar, enquanto a filha afundava, envolvida por seres marinhos. A mãe cortou o cordão umbilical com os próprios dentes e permitiu que a menina desaparecesse nas minhas profundezas. Acolhi o pequeno ser com calmaria, deixando que as correntes mais quentes penetrassem seus poros, e que nela ficasse cravada a lembrança de um novo útero abissal, mas de alguma forma semelhante ao que viveu no corpo de sua mãe.

Em minhas águas a criatura viveu e se desenvolveu, foi alimentada, nutrida, até que saísse dele e começasse a caminhar na fronteira viva entre Mar e Terra. Antes dela e depois dela, incontáveis criaturas também me escolheram como lar para habitar, como invólucro para seus corpos, como família, parceiro e alimento. Entre elas as sete esposas dos capitães que se entregaram a mim sem pudor e sem retorno, confiando seus destinos na morte que também significava a reinvenção. Pois elas ouviram os uivos dos guarás e nesse instante souberam que já pertenciam mais a esse território do que a qualquer outro que tivessem percorrido. Souberam que seus corpos haviam sido alterados pela imersão em mares e rios desconhecidos, espaços que passaram a habitar seus sonhos e a dominar seus desejos. O prazer que sentiam na entrega às ondas e aos seres que nelas viviam era incomparável. Era quase abominável, repugnante em sua completa impossibilidade, mas era real. Elas nunca tinham se sentido como se sentiam quando foram tocadas pelas criaturas que vivem no delta d'água. O encontro entre as águas salgada e doce é uma comunhão entre seres diversos, entre temperaturas diversas, entre texturas diversas. Era essa profusão o motivo daquelas mulheres se sentirem tão atraídas. Aquilo que não é uma coisa nem outra desperta fascínio.

Quanto a mim, só me restava acolher a quem me procurasse de bom grado e sem ressalvas. Estava interessado na desavença dos mundos, em desestruturar a ordem que segrega os seres em suas próprias taxonomias. Estava interessado na expansão. E, no mais, estava interessado em engolir com ferocidade todos aqueles que lutassem contra essa vontade. Eu tinha fome, cada vez mais fome desde que o tempo de festa no balneário havia acabado. Agora me resta conciliar essa fome com a necessidade de proteger os meus, de cuidar dos ovos que em mim são depositados, das feras que em mim são confiadas, dos refúgios que em mim são cultivados. No tempo antes do tempo onde não havia mais tempo, há que se ter paciência com a fome.

UM TEMPO QUANDO O TEMPO SE ENRAIZAVA

Essa não é uma estória sobre partida, mas sobre permanência. Já vi tantos dos meus partirem, seja por terra ou por água. O vento leva. Aqui fico. A última de um mangue que desaparece. Finco meus pés nas raízes, cada dia mais fracas. O ninho? Não há. Foi-se. Como todos os outros, foi levado embora. Tornou-se Mar. Então me deito. Percebo as veias saltarem da pele, a pele cansada, arredia, trêmula. As ondas encostam nos meus pés e logo somem para voltarem ainda mais ferozes. Quando retornam, me fazem cócegas.

Riem-se de mim?

Velha maltrapilha, todo santo dia trançando sua rede entre as raízes podres de um mangue que se corrói por dentro.

Devem pensar.

Puxo daqui e de lá, não há mais para onde ir. Minha rede toma toda a extensão ainda viva do mangue e descansa no meu colo. Seus pontos são o tempo do sonho que se espalha em nós. Feito coberta, deixo cobrir esse corpo que persevera inútil.

Já sabe seu destino.

Meus punhos continuam firmes, meus lábios torcem, meus olhos afundam. Tô me virando para dentro? Tonta em ruínas. Quebradiça resistindo. Quem diria que seria eu a ficar? Isso é uma maldição e bem sei. Essa terra envenenada, até a raiz bebe da água suja. O sal queima. Besta intocada, ranzinza.

Devem pensar.

Olho para as nuvens. Chove e eu puxo um pouco mais da rede, me enrolo nela até cair uma gota d'água dentro da minha pupila muito aberta, muito atenta.

Minha pupila arde.

Ardente é a água que cai da chuva. É ácida, tóxica. E aqui é úmido. Fede.

O sol não atravessa o manguezal, apenas ilumina com uma luz pálida a sua borda onde me embrenho, já que não resta quase mais nada dele e quase mais nada de mim. Nem ser mulher eu sou. Sou alguma outra coisa que ainda tem mãos e pés, olhos e boca, nariz e orelhas, mas que toda a pele já se consome em raiz.

Raiz de Mangue. Raiz seca, porque não consegue se nutrir dessas terras poluídas. Cumpro meus últimos dias e permaneço imóvel em meio às raízes remanescentes, enquanto elas envolvem o que também resta de mim. Perfuram minha carne, atravessam minha pele e completam nossa mutação.

Entre a amargura da solidão, ficam as memórias. Só me restam memórias. Memórias de bicho são que nem sonho, nada além de imagens, nada além de presságios de uma vida que não se encaixa nem no passado, nem no futuro.

As horas passam. Não sei mais se passam dias. Não sei mais discernir os sonhos da vigília. Sinto meu corpo enrijecer.

Assim é virar árvore?

Tento movimentar minha boca, percebo que os lábios não se movem. Na língua existe alguma saliva que me lembra sobre um corpo que já foi feito d'água. Queria chorar, mas as lágrimas exigem essa água que não me pertence mais.

Deixo que a chuva seja então o meu choro e o meu ventre.

Deitada de costas, abro os braços para receber a tempestade que chega. É chegada a hora de experimentar o esgarçamento da humanidade que jamais se cumpriu em meu corpo. Apenas uma ilusão. Apenas uma criação que não escolhi participar.

Fecho os olhos e atravesso o solo. Se as raízes me atravessam e me transformam nelas, eu posso desfrutar desta nova concepção de vida sem remorsos.

Mas não sem lembranças.

Conforme meus dedos se ampliam incrustados solo adentro, ramificados solo adentro, eles alteram uma concepção antiga de movimento. Acesso o tempo vertical. Acesso as lembranças da terra. Este solo é vivo e os bichos que moram nele estão famintos porque tudo em volta apodrece. Mas as lembranças da terra não. Elas permanecem como um oráculo ancestral sempre apto a emitir sinais, vibrações ou respostas. E eu as escuto. Escuto sem que precise ouvir qualquer coisa. Apenas tremores. Apenas ruídos de conversas entre bichos que não sou capaz de compreender. Não falo suas línguas. Se não falo, não significa que não possa escutar. Em suas lembranças a terra convulsiona.

Foram eles, ela diz.

Não há nada que eu possa fazer, eu digo a ela.

Sou apenas uma velha que está morrendo e sendo devorada, continuo.

A terra então me lembra que não estou morrendo. Ainda. Que estou virando mangue. E que o mangue está resistindo aos agouros dos capitães.

Por quanto tempo?, eu pergunto.

O tempo que for necessário, ela responde.

Nas raízes que brotaram em meu corpo ainda perseveram alguns resquícios de epiderme. Sofro quando elas queimam em contato com a terra envenenada. Me revolto.

Eu vou morrer.

Eu vou morrer, grito sem emitir som algum.

Você que nunca soube falar a língua dos homens, agora quer gritar?, ela pergunta. A quem quer pedir salvação?, ela continua.

Sinto meu pescoço sufocando, atravessado por uma raiz enorme, grossa, rudimentar. Forte. Visceral. Dentro dela alguma coisa está fluindo entre suas extremidades e ramificações. É como o sangue nas veias dos animais. É a seiva elétrica que precisa se espalhar na noite eterna dos subsolos.

Fico completamente enjoada. Tonta. Sufocada. A raiz me enforca ainda mais enquanto tento me debater. Quanto mais me movo, mais a raiz me sufoca. Outras vão se movimentando das profundezas do mar e agarram subitamente meus membros inferiores Era isso o que a seiva estava comunicando? Ela estava convocando o mangue a enfim me engolir?

Percebo: não vou morrer.

Não estou morrendo. O que está morrendo é o que me matava lentamente. É o nó em minha garganta.

Se vou me tornar mangue preciso deixá-lo para trás. O nó na garganta era o último resíduo de humanidade que ainda me habitava. Não mais.

Finalmente deixo que o meu corpo ceda às raízes e assim me entrego completamente à metamorfose. Começo a trocar de lembranças com a Terra.

Entrego a ela as memórias do que vivi.

A rede que eu trançava é rede de pescadora, e agora ela me cobre feito um véu do esquecimento. Essa aldeia vai me esquecer. Minha filha vai me esquecer. Eu mesma vou me esquecer do que fui. Quero chorar de novo. Chove mais. Chove tanto. A tempestade invocada faz com que o mar se revolte. Ele cresce.

Minha filha que nunca foi minha, que minha apenas foi para que pudesse de mim sair. Eu era a única mulher que a entregaria ao Mar. Nenhuma outra conseguiria se desfazer de uma filha do jeito que eu me desfiz dela. Nenhuma outra conseguiria abrigá-la dentro de si pelo tempo suficiente das mutações que ela precisava ultrapassar. Então para que minha filha cumprisse o seu papel nessa Terra-Mar, eu deveria ser sua mãe. Em meu útero, seus dentes já desenvolvidos me mordiscavam com ânsia de rompimento. Com fome de carne. Um ventre de mulher era um oceano muito limitado para as suas necessidades. Eu sangrava. Por vezes tive que enfiar meus dedos dentro de mim para que a acalmasse, ou para que a segurasse até que entendesse que não podia me devorar. Ela aprendeu.

O tempo que a carreguei em mim foi um tempo dilatado. Meu corpo se adaptava a sua presença e se alterava com as trocas de fluidos. Eu passei a entender seus desejos, passei a sentir quando precisava da água gelada do mar, passei a sentir sua fome insaciável, sua ferocidade incontornável. Até que eu soube que era a hora de cumprirmos nossa despedida. Os uivos dos guarás não me deixavam enganar: a terra estava se abrindo. Os limites de Terra e Mar já não eram mais discerníveis. Novos seres eram requisitados para o novo tempo que se iniciava.

Tempos de dor.

Tempos de veias abertas.

Enorme, o mar me engole.

Sufocando dentro dele, as memórias se fortalecem. Não quero me esquecer do que fui. Não posso. Então me lembro.

Quanto mais me afogo, mais me lembro.

A lembrança é um sonho turvo.

Sonho com uma semente. Fui um propágulo de mangue gestado e parido à beira d'água, nas raízes aéreas entre o sol e a sombra de um solo hostil. Quem me teve, me abandonou entre as árvores. Eu fui o sonho do manguezal. De semente, virei corpo para outras sementes.

Das águas do mar, absorvo o sal com esforço. A cada vez que uma onda se ergue contra o meu corpo, eu absorvo o seu sal e me machuco. Ainda há pele aqui e a pele queima. Arranha. Mas é também o que me faz resistir à sucumbência. Não vou me soltar daqui. Não vou me arrastar correnteza abaixo. Vou continuar até que a última poeira de pele tenha sido soprada e com ela não reste mais nada da mulher que fui.

Aprendo a me fixar ao solo, mesmo que o solo seja difícil de se habitar.

Enquanto me afogo, me vejo ao avesso. Um avesso que é um aglomerado de bichos vivos em disputa pela sobrevivência. Assim me lembro: nunca quis ser uma pessoa neste mundo de homens. Se não sou pessoa, sou criatura. Algo sem nome. Quando penso nisso, mais uma onda entra pela minha boca já endurecida feito rocha, mas que não é pedra, é só galho ressecado. E quando a onda vem, eu vejo os seres se chocando dentro de mim. Eu realmente vejo. Vejo porque sinto. E não há distinção entre uma coisa e outra. Vejo que eles lutam para sobreviverem à iminência de minha morte, postergando suas vidas simbiontes. Sinto também os outros seres que estão me carcomendo do lado de dentro e do lado de fora, para que eu morra mais rápido, para que eu volte logo à terra e me torne um deles. Os bichos que me carcomem viva me levam ao abismo de minha própria existência neste corpo vil.

O fim desta existência é o começo de outra.

Não há o que temer.

Nenhum dos bichos que me habitam me pertence. Não sei nem se meus órgãos são meus, ou se são deles. E se essa carcaça que carrega tudo isso, que envolve tudo isso, é só mais um invólucro, um receptáculo para outras vidas.

Nasce o dia e o sol acalma um pouco as marés. Em todo esse tempo, entreguei ao mar minhas lembranças, mas não recebi nada além de revolta. O que ele me entregou foram suas angústias em ondas violentas, impregnadas de morte e sujeira. Vi as vidas que morreram num tempo muito antes desse tempo, um tempo antes do tempo. Vi as vidas que morreram em travessias, atiradas ao mar em suicídios ou entregues a ele por doença ou descaso. Doença de corpo e doença de alma. Vi as vidas que ainda vão morrer nessa praia, afogadas pelo avanço do mar. Vi presságios de destruição. Ondas que engolem casas. E no fundo d'água, no Mar profundo, essa aldeia toda em ruínas.

Minha filha já vai estar morta nesse tempo que é também retorno do que já foi. Mas verá o bastante para não reconhecer mais suas terras.

Em minha teimosia, persevero. Enroscada nas outras raízes que suportam as intempéries, não me solto nem que venha a maior de todas as ondas. Quero cumprir minha metamorfose em mangue e perseverar ainda mais, o tempo suficiente para ver com olhos de árvore, o que vi com olhos de mulher morta, no infortúnio conduzido pelo Mar. Quero ver essa terra ruir e liberar o veneno que está incrustado em suas vísceras, para que ele contamine todos aqueles que a envenenaram, e que possa se tornar seu próprio antídoto.

Eu disse que essa não era uma estória sobre partida, mas sobre permanência, e no entanto me perdi nas lembranças do que já fui. Talvez porque o que se vai tenha uma força parecida com o que fica. Talvez porque não seja uma coisa nem outra, seja uma coisa só. Fico para poder ir embora. Para me decompor junto ao mangue e meu corpo alimentar outros corpos que vão me levar embora. O invólucro que sou irá habitar outras vidas em rastros do que fui. Transformando-se em outra coisa. Movimentando-se. Deslocando-se por territórios que ainda desconheço. Mas agora permaneço. Permaneço até que o último ser que em mim habita, se decomponha. Até que eu volte ao solo e alimente a terra que sempre me alimentou.

II

O que existe depois da sucção? Depois do devorar? Depois do ceder ao Mar, onde as vidas se tornam, também, infinitas?

AQUELA QUE TUDO VÊ, TUDO ESCUTA E TUDO SENTE

O ano, não saberia dizer. Não tinha essas contas em minhas fissuras. Mas antes disso, antes dessas contagens chegarem, ainda não tinha sido perfurada. Então conto que os eventos estranhos começaram a acontecer a partir daí. Também nunca fui inteira, já tinha me despedaçado em outras circunstâncias. Digo apenas que eu era o que era, aberta às interferências das criaturas do mundo, porque tais perturbações sempre aconteceram, mas aquela fora a primeira vez que minha carne havia sido atravessada assim. Antes dessa época, que poderia chamar de tempo das escavações, o pequeno balneário que crescia aos meus pés costumava ser apenas uma praia, com seus modos de vida singulares e ritmos próprios. Diante da lua cheia anunciada pelos uivos na mata, a Maré Viva era temida, e, na Praia, as meninas moças logo eram puxadas pelos braços por suas mães e avós. *Depois do sol, em tempo de lua, é hora de se recolher.* As mais velhas diziam. Trancadas nos casebres frágeis, as jovens ficavam sonhando acordadas com os mistérios da noite. Algumas delas, as que andavam soltas e só tinham como família elas próprias, vinham até mim, e juntas se reuniam para fazer fogueira e dançar para a lua, com suas músicas, risadas e fumaças.

Fosse para se alimentar ou para vender os peixes na feira, era do mar que o povo desse canto esquecido do mundo tirava seu sustento, e ao mar a quem deviam respeito por tudo o que tinham conquistado. Partiam de vez em quando em expedições marítimas, se afastando da costa para pescar ou para buscar trabalho em outras freguesias. Como mãe que me sentia de todos eles, sentia uma ausência, mas ao mesmo tempo muito me alegrava ver seus barcos entrando nas águas e se guiando pelos céus. Um céu estrelado no meio do oceano deve ser quase tão bonito quanto o céu que se deita comigo aqui em cima.

Também a mim muito respeito era depositado. Às vezes os homens e mulheres vinham caminhar pelos meus declives para ter uma prosa com os ares; subiam até o topo do meu corpo e ficavam contando seus causos. Muitos de angústia, principalmente quando esse tempo das escavações começou. Porque as águas não eram mais as mesmas, tinha alguma coisa diferente nas marés. Crianças também me procuravam para brincar, e elas eram minhas companhias favoritas. Todos daqui sabiam que em mim podiam confiar, já que eu era até mais velha que o Mar. E sabiam que eu não precisava de olhos para ver tudo o que acontecia ao meu redor. E que eu via também ao longe, nada me escapava. Mas como eu era digna de confiança, nunca me alterei frente a qualquer situação. Seguia sólida, uma rocha estruturada e apta a aconselhar aqueles que me buscassem. E acolhia não importa quem viesse.

Porque o tempo das rochas é um tempo lento. Um tempo diferente desse que havia começado. O tempo das rochas guarda muitas estórias, muitas eras e muitos segredos. É um tempo que já viveu todos os tempos e que cresce desapercebido. Assim como se desintegra desapercebido. Parece que a Montanha não se move, mas eu digo que se move sim. Se move junto do solo, em movimentos silenciosos, mas potentes e contínuos, guiados pelas águas e pelo que existe embaixo da terra. Move-se também com os bichos que me transformam em casa, coexistindo e alterando lentamente minhas árvores, paredes e rios.

Nesse mover-se, algumas de nós se separaram. Tornando-se independentes, viraram mundos à parte do mundo. Mundos com suas próprias regras e seus próprios tempos. Foi assim com as Ilhas em volta da aldeia. Mesmo com a distância, nossos sedimentos nunca deixaram de se comunicar. Através de vibrações imperceptíveis, emanamos avisos uma para outra, em sussurros de poeira que contêm cuidado e amor. Porque precisamos proteger os nossos. E não costumávamos fazer distinções entre os bichos, até começarmos a ser perfuradas.

O que acontecia nas ilhas, poucos sabiam; tampouco os capitães, como escutei o povo da Praia chamar os recém-chegados, tinham coragem de cruzar suas fronteiras para tentar descobrir. Mesmo que eles não quisessem admitir, as lendas que rondavam aquelas terras arrepiavam suas espinhas o suficiente para não se aproximarem do lugar tido como proibido. Circulavam entre os anciãos estórias de lobisomens escondidos nas matas das ilhas, matilhas de animais que, isolados das leis de evolução, evoluíram conforme bem entendiam: fusão de homens com lobos-guará, que, praticamente extintos das fronteiras de Mata Atlântica, ali, juravam os pescadores, eram avistados com frequência. Além deles, outros relatos de metamorfoses aberrantes mantinham as ilhas como limite entre humanidade e delírio: insetos propulsores de doenças raras; plantas carnívoras que pareciam cantar um canto mortífero; povos nativos rebeldes que conversavam com os bichos, transformando-se neles quando bem entendessem.

Afinal, diziam os homens, o que além de magia poderia explicar a vegetação de folhagem roxa que se espalhava indiscriminadamente por todas as ilhas? Alastrando-se feito praga nas bordas, misturava-se entre os manguezais, e de seus ramos uma flor intrigante se abria toda noite. Os nativos as chamavam de Sentinela, aquelas que guardam as Ilhas. Quando o sol batia na mata virgem desses territórios, um tom púrpura radiante era irradiado além-mar, chegando na Praia como um prenúncio hipnotizante do fim dos tempos.

Roxo virou uma cor temida, e toda vez que alguma planta parecida com a Sentinela era vista nos arredores da Praia, era arrancada e pisoteada, para que não corresse o risco de suas sementes se espalharem. Magia negra, macumba, feitiçaria. Presumiam os capitães e suas famílias. Quem havia nascido e crescido às minhas bordas deixava que pensassem dessa forma, porque sabiam que o medo do desconhecido poderia ser um precioso aliado na hora da necessidade.

Assim como os capitães não conseguiam decifrar os enigmas das ilhas, tampouco os nativos podiam entender essa gente que vinha de longe, com seus linguajares rebuscados, roupas vistosas e cigarros perfumados. Eles podiam até falar a mesma língua, a língua dos homens, mas ela nunca se pronunciaria da mesma forma entre eles. De tudo o que viam e intuíam, a única coisa que os caiçaras se aperceberam por inteiro, e que não tinham dúvidas da veracidade, era que, entre esposas e capitães também algo se perdia na comunicação. Pois as esposas mantinham-se sempre afastadas, como se habitassem um universo próprio com as outras mulheres de seus convívios. Universo que os maridos raramente mostravam interesse em dividir.

Meus olhos que tudo veem e minha pele rochosa que tudo sente sabiam que essas mulheres estavam experienciando algo da ordem do fantástico, do inapreensível: uma irresistível e incontrolável atração ao Mar. Para muitas, o Mar da Praia foi o primeiro mar que tocou suas peles. E nada pode ser maior do que a sensação de mergulhar em águas salgadas pela primeira vez, imergindo completamente, sem limites e sem retornos. Disso eu sabia porque eu mesma já tinha, há tantas eras que quase nem me lembro mais, sido engolida pelo Mar. Dele eu fizera parte até que, por razões da Terra Viva, as águas diminuíssem o seu volume. Dispersas por outras bandas, criaram outros mares. Então eu emergi. E nas minhas bordas fizeram-se territórios. Por mais que não me lembre quando foi, não poderia esquecer da sensação de estar em constante contato com a porosidade salina, a ponto de me decompor e entregar ao Mar, pedaços de rochas que ali se estabeleceram.

Algo parecido estava acontecendo com aquelas mulheres.

Nos momentos em que entravam no Mar, ele soava mais calmo, sereno calçava seus pés descalços, incorporando suas peles e propiciando-lhes um prazer muito específico. A água gelada em contato com a pele delicada arrepia. Algumas vezes, as diferentes esposas se cruzavam na Praia e nessas horas trocavam sorrisos cúmplices, como quem compartilha do sagrado que é sempre impronunciável. As crianças corriam barulhentas, mas nenhum som podia se sobrepor ao silêncio entre uma onda e outra, o silêncio denso, cheio de corpo, de peso, vestido de grãos de sal. Por dias a fio, desenvolviam uma certa intimidade com o Mar, um espaço que não lhes pertencia por natureza, mas que era conquistado com paciência. À distância, as empregadas e babás confabulavam que diacho acontecia com as patroas. Existia algum feitiço nas águas? Nem sequer as patroas sabiam explicar por que ansiavam tanto pela hora em que teriam seus corpos totalmente imersos, disponíveis à imensidão oceânica que as circundava.

Algumas delas nadavam longas distâncias, afastando-se mais e mais a cada vez que mergulhavam. Outras temiam a intensidade das ondas, preferindo admirá-lo de longe. Os óculos escuros escondiam suas desconfianças. Talvez elas estivessem traçando um outro tipo de interação com o Mar, uma conversa menos imersiva, menos refém da sedução emanada pela maresia. Talvez elas escutassem do Mar, os gritos que ele sufocava, as vidas que ele devorava, e os segredos profundos vindos de um lugar que permanecerá sempre impenetrável. Segredos de travessias, de expedições, de ritmos aptos a engolirem corpos em marés vivas. Famintas.

Mas o desejo que afasta pode partir do mesmo lugar que aquele que aproxima. Uma pedra quando sonha, sonha os sonhos de quem sonha, então eu sabia que o Mar, para essas mulheres, todas elas, guardava promessas de liberdade. Guardava o fascínio oculto, e no desconhecido estava a chance de serem outras em um mundo outro. Fosse ele qual fosse. Porém, apenas algumas estavam dispostas a se arriscarem num mergulho sem volta. Suas vidas já eram tão tristes, que mal pior não deviam encontrar se nadassem, nadassem, nadassem. E se entregassem de vez às águas frias que sussurram os sussurros de seres impossíveis. Sussurros que eu também escutava, porque não só tudo vejo, como tudo escuto. Das pedras que deixei nos oceanos chegavam os relatos sobre interações entre as mulheres-peixe, como ficaram conhecidas no vilarejo, e as criaturas que habitavam o Mar. Relatos que apenas uma pedra poderia saber por completo.

Ao mesmo tempo, também escutava os rumores que circulavam entre os pescadores sobre as madames estarem se entregando a algum boto que as abocanhava ali mesmo, dentro das águas, e que seus filhos deveriam ser filhos dele, e não dos capitães. Se não fosse boto, havia de ser algum outro bicho que subia em suas pernas e dali não saia mais. Um deles contou que viu algumas mulheres se reunindo horas antes da alvorada, todas vestindo suas camisolas brancas e longas, sem nada dizer umas às outras. Em silêncio, caminhavam determinadas pela faixa de areia, não encostavam os pés na água, apenas seguiam em frente. De seus olhos, uma luz hipnotizante parecia guiá-las pelo caminho. Era como se a lua cheia estivesse tomando conta de suas pupilas.

Escondido e assustado, esse homem as seguiu até chegarem numa trilha fechada por pedras e mata densa. Elas escalavam as rochas quando necessário e, ao chegarem no delta onde água doce e salgada se encontravam, as mulheres se entregavam à correnteza. Olhos fechados, pernas contorcidas, dentes mordendo os lábios. Deitadas numa espécie de transe partilhado, os corpos iam se curvando numa coreografia imprevisível. Elas pareciam sentir prazer, seus quadris subiam e desciam, mas se algo as penetrasse, só podia ser o invisível. Não havia ninguém ali além delas, nem mesmo o boto. Talvez um peixe? Um homem sugeriu. Talvez a própria água?

Em uma de minhas cavernas, a mais profunda e escondida, as mulheres-peixe começaram a se reunir toda noite de lua cheia. Cristais violeta erupcionados da rocha interna brilhavam com a luz prateada que adentrava as fissuras da caverna. Poucas pessoas da Praia tinham entrado tão dentro de mim, achavam que as cavernas faziam parte das lendas das mais velhas e tinham medo do que podiam encontrar no interior da montanha. As mulheres, porém, não se importavam. Acariciavam os seres do mar que moravam ali, seres com os quais começavam a se familiarizar. Apoiando-os em suas pernas, os tentáculos de moluscos grudavam nelas, enrolando-se. Os peixes tocavam seus pés, mordiscando e provocando cócegas. Quando já era quase aurora e elas voltavam às suas casas pelo Mar, sentiam um prazer inestimável ao se perderem dentro dele. Na escuridão da madrugada, alguma coisa penetrava suas peles, mas as mulheres não tinham a capacidade de decifrar que coisa era. Só sabiam que gostavam da sensação. Até que um dia não voltaram mais. Perderam-se completamente.

Depois que as mulheres-peixe desapareceram, um deslizamento de pedras inexplicável aconteceu sobre o meu corpo, na calada da noite. Anos depois, um fogareiro espalhou-se pelo bosque que me fazia morada, numa queimada que tinha como único objetivo dispersar a atenção do que acontecia entre uma mulher e uma criatura na mesma caverna. Ela então foi fechada, permanecendo secreta para que pudesse ser preservada dos olhos e máquinas dos capitães, sempre à espreita e sempre em busca de perfurar o que não tinham perfurado. Ainda era possível chegar até a caverna pelo Mar, por caminhos apertados entre as rochas, caminhos que pareciam se mover conforme eram atravessados. Dizem que refúgios só são refúgios quando permanecem em movimento.

AQUILO QUE NASCE DAS ÁGUAS E DAS TERRAS

água doce, salgada, pedra, limo, frio, escorrego. pulo para dentro do mar, escapo para fora do rio, retorno a pedra, volto ao limo, me espalho, está frio aqui fora, ou aqui dentro? reconheço a terra quando toco nela, há memórias. outras vidas? quanto tempo dura a minha vida? vivo só, mas encontro outros seres, nenhum parecido. aprendo palavras com os sons da praia. não sei me comunicar para fora, mas sei me comunicar para dentro. comigo, as frases escorregam como eu escorrego de pedra em pedra. tem alguma coisa no rio que me faz querer chegar nele. o rio encontra o mar nesse lugar que chamei, entendi, como praia. não consigo ficar muito tempo na água doce, mas gosto do gosto. gosto que fica na carne. gosto que não sei lamber, só sei sentir. aprendi sobre diferença com um metal que se enfiava dentro d'água. uma coisa que não tinha gosto doce, tinha gosto tipo sangue, que também não sei lamber. essa coisa, metal enfiado na água do mar, me fez chegar perto, me prendeu numa rede. minha carne soube ler sua carne. me puxaram para fora, então soube que tinha algum peso, não era invisível, nem fluido, como sempre me senti. ou talvez fosse, só que uma fluidez densa. quando me puxaram para fora d'água, reconheci diferença, diferença familiar. até então não tinha aprendido diferença. a mulher que segurava a rede se espantou, mas não gritou, não chamou as outras mulheres com metais e redes. se aproximou de mim e disse alguma coisa que não entendi. mas tinha diferença nas suas palavras. a mulher olhou ao redor e entrou comigo dentro d'água. diferente de qualquer outra mulher. diferente de qualquer outro ser. diferente de qualquer outra coisa que eu já tivesse sentido. ela nadou comigo. me deixei tocar sua pele. tinha medo. aprendi medo. entendi que podia confiar, aos poucos. nossas peles se lembravam. se reconheciam. os olhos dela, eu sabia, pareciam com os meus, mesmo que eu nunca tivesse visto os meus ou outros olhos tão de perto. a mulher me deixou depois de um tempo, mas voltava toda manhã, e eu voltava também. nadávamos. ou dançávamos. como ela dizia. aprendi dança. então a mulher disse, como se soubesse que eu podia entender, "Marina", e apontou para si mesma. Marina pescava. aprendi com ela a me afastar das outras pescadoras. só Marina era amiga? não perguntei com palavras. ainda não sei comunicar para fora. mas ela entendia. Marina diz que as outras não entendem. mas ela entende. diz que a comunidade é pobre, e que é cultura comer peixe. vender peixe. eu já tinha visto peixe. eu não era peixe. ela disse "peixe é diferente". eu e Marina ficávamos deitadas na pedra de uma ilha, afastadas da praia. ela dizia que gostava da minha companhia. "você não exige nada". Marina disse que sentia vontade de me tocar mais fundo, mas tinha medo. eu já tinha aprendido medo. ela continuava dizendo que tinha medo de virar mulher-

-peixe, de sumir no mar. um dia eu toquei nela. nos pés. e ela riu. disse que era gelado. eu conhecia gelado. gelado era o rio. queria voltar pro rio. mas queria continuar com Marina. Marina só me encontrava quando tinha luz. a noite não podia. sua mãe a trancava em casa. não entendia casa. entendia mar. os meses passavam e meus tentáculos cresciam. ela dizia que pareciam pernas. pernas de mulher. fui aprendendo algumas palavras novas e também algumas sensações. nós ficávamos cada vez mais próximas, minhas pernas tentaculares tinham vontade de grudar nas dela. era macio e seco. uma noite, Marina fugiu de casa. era noite de maré viva. ela sussurrou um assobio, e eu apareci. assim como ela, eu também senti. o mar chamava. convocava. vibrava. não havia o que fazer. nadamos por muito tempo. eu me sentia diferente. ela também. nossas carnes foram se grudando, e eu fui me espalhando por seu corpo, sem que pudesse controlar. não queria machucá-la, mas queria sentir o que tinha dentro da pele seca. será que o avesso da pele dela era úmida como a minha?

III

Entre a fumaça de seu cachimbo, a entidade viu o corpo das mulheres entrando nas águas vorazes, iluminadas pelos raios da tempestade que se alastrava sem precedentes. Iansã as guardaria. Mas o que aconteceria com elas? Será que retornariam à terra como entidades do mar, com seus segredos e encantos, dispostas a auxiliar o caminho daqueles que as recebessem com o respeito que mereciam?

ALGUÉM QUE VEIO DE LONGE

Desliguei o motor do carro e estacionei em choque. Uma ventania percorria toda a mata ao redor da estreita rua de areia que conduzia a um pequeno vilarejo esquecido no interior do Brasil. As árvores tremiam, cuspiam suas folhas e gritavam ao serem tocadas pelo vento. Gritavam um som de horror. Ao longe, via algumas árvores tombando, e, junto delas, uma tempestade de areia lambia a região.

Intocada e serena, repousava a montanha ao fundo da paisagem, como se observasse sem olhos tudo o que acontecia ao seu redor. Pensei de forma tola qual seria a probabilidade dela cuspir fogo, assim como cuspiu há séculos atrás. Milênios talvez. Um tempo imemorial onde repousam as lendas sobre rochas em erupção, terremotos e toda sorte de azar em solos tropicais. Até que, pensando por essa perspectiva, não era tão estúpido assim. Considerando os mitos que chegaram até mim, mitos que não falavam sobre desastres ambientais, mas sobre a força cosmológica por trás de cada um deles, não seria uma grande surpresa se um vulcão adormecido fosse descoberto nessa montanha.

Segundo as estórias que ouvi e busquei, esta é uma aldeia assombrada por criaturas e espécies em mutação. Dentre todas elas, a mais curiosa e também a mais divulgada diz respeito a um grupo de sete mulheres ricas que desapareceram no mar na década de 1960. Elas foram encontradas anos depois, mas seus corpos estavam completamente desconfigurados. Apenas uma única imagem comprova o fato, só que nela um grande tecido cobre as mulheres mortas, velando a identificação de qualquer alteração sobrenatural. Quem conta um conto, aumenta um ponto, como é sabido por aí.

Essas madames, esposas dos capitães da indústria do petróleo que se firmaram na região, não foram as únicas a perturbar o inconsciente coletivo dos habitantes e curiosos que atravessavam o povoado. Antes, um balneário glamuroso, gentrificado por empresários e outros profissionais do mundo dos grandes negócios. Agora, uma praia em ruínas, abandonada por seus moradores e cada vez menor, uma vez que o mar avança, engolindo pouco a pouco o que resta de suas fronteiras.

De repente, silêncio. Lembro que estou parado na estrada que conduz a esse passado, mas o que dele resta no presente? A tempestade anunciada silenciou. Olhei ao redor desacreditado, sem saber se continuava a minha viagem ou se retornava para casa, na segurança do familiar. Resolvi seguir em frente. Precisava investigar aquelas notícias. Precisava ver com os meus próprios olhos o que tinha sobrado das memórias deste lugar. Sabia que encontraria alguma coisa. Algumas pessoas ainda moravam ali, insistindo em perseverar mesmo quando as previsões eram pragmáticas: a aldeia, em breve, seria totalmente submersa pelas águas.

Liguei o carro e torci para não ser atingido por nenhum tronco, trovão ou quiçá fogo, pois nenhum pensamento conseguia ocupar a força da imagem de um vulcão em fúria, algo absurdo, mas totalmente fascinante. Nessa hora consegui rir de mim mesmo. Imagina, um vulcão desacordado em terras brasileiras despertar justo no momento em que um jornalista tenta retirar a poeira das lendas enterradas numa vila ignorada pelos registros oficiais. Não era impossível. Ao menos, essa situação provocaria algum interesse além do meu naqueles escombros. Seguia em frente, mas, à medida que me aproximava da montanha, percebia que o cume era povoado por uma vegetação roxa e brilhante, diferente de tudo o que os meus olhos já tinham visto. Estranhas e ainda assim encantadoras, quase fantásticas. Quase sedutoras. Exalavam uma intensidade e uma atração incomum, porque eu não conseguia desgrudar a visão daquela paisagem. Era como um transe, um feitiço que me tirou toda a atenção da estrada.

Até vir um estrondo.

Um barulho terrível de carne esfolada, de ossos quebrados e logo um pavor, uma agonia por não saber o que tinha acontecido. Saí do torpor e entrei em desespero. O bicho que atropelei foi atirado sobre a frente do veículo, mas parecia ainda vivo. Seu corpo foi escorregando diante de mim, e nessa hora percebi, eu havia atropelado um lobo-guará. Talvez tivesse matado um lobo-guará. Qual era o tamanho daquele infortúnio, não fui capaz de calcular. Um animal em extinção, morto por um forasteiro, urbanoide da cidade, que não deveria estar ali, que não deveria ter se metido numa estória que não era sua.

Mas eu me meti. E agora estava envolvido nela. Enredado como se uma força me conduzisse até essa aldeia e a ela eu precisasse responder.

Saí do carro e descobri que o lobo-guará não estava morto.

Ele respirava e seus olhos eram melancólicos, pareciam comunicar alguma coisa. Ficamos ali por um tempo inapreensível. Presos no olhar um do outro. Estava completamente impotente diante daquele animal. Completamente alterado. Aos poucos, o lobo foi se levantando com dificuldade, afastando-se de mim e se esgueirando para a mata, desaparecendo como se nunca tivesse existido. Se não fossem as marcas de sangue deixadas no vidro do carro e na estrada, eu teria duvidado daquele encontro, que mais parecia um prenúncio de qualquer coisa terrível por vir. Ainda dava tempo de voltar para casa.

Espantei esse pensamento. Olhei ao meu redor. A estrada desértica, a montanha roxa, o barulho onipresente do mar.

Precisava continuar.

Segui viagem, perturbado pelos olhos do guará. Os devaneios poéticos sobre um vulcão em erupção foram substituídos pela realidade densa à espreita de qualquer fantasia que eu pudesse inventar. Contornei a montanha e entrei no vilarejo aos seus pés, arruinado pelos anos de mudanças climáticas e pela maresia, que corroía as estruturas ainda restantes.

Não existia vivalma ali.

O endereço no meu GPS me conduzia por ruas interioranas, distantes do que deveria ter sido o centro do povoado. Pelo caminho, avistava a vegetação arroxeada que tomava as estruturas das casas em ruínas, serpenteando vergalhões e assumindo formas de trepadeira, no que eu assumia serem mutações das espécies originais. Outras plantas daninhas disputavam com elas o domínio sobre os destroços, e frequentemente árvores cresciam nas construções sem tetos, janelas ou portas, arrastando suas raízes para fora da terra e suspendendo os assoalhos. Junto delas, grãos de areia misturavam-se às cascas de tinta e aos pedaços de concreto descolados das paredes, cobrindo o solo como um tapete formado por grama, areia e vestígios das edificações.

Intuí que tempestades de areia como a que eu experienciei no caminho deviam ser rotina na região e me perguntava se, daqui a alguns anos, ela seria totalmente tomada pela floresta ou se tornaria um deserto à espera da transformação final em mar.

Lentamente me aproximava do meu destino. Um prédio em ruínas, o único da aldeia, me avistava ao fim da rua, justamente onde o mapa localizava o ponto de parada. A paisagem me causava desolação. Não sabia por que meu informante havia me pedido para encontrá-lo ali. Não havia qualquer sinal de presença humana no local. Mesmo assim estacionei, saltei do carro e comecei a caminhar em direção à entrada do prédio. Chamei pelo seu nome, mas não obtive resposta. Então entrei ali. Caminhando pelo primeiro patamar, pisava em cacos e fragmentos dos outros pavimentos com um aperto profundo no peito. O silêncio só era interrompido pelo som impassível das ondas quebrando no que restava da mureta de concreto.

Liguei o gravador e comecei a filmar os trajetos pelos quais meus passos errantes e sem destino me conduziam. Subi alguns andares, ansioso e ainda à procura de qualquer ruído que indicasse que não estava sozinho. Nada.

Subitamente, um grande estrondo me trouxe de volta ao tempo presente, algo havia caído nos últimos patamares do edifício. Movido por um instinto sobrenatural, corri em busca do que havia escutado, então percebi uma grande nuvem de poeira espalhando-se pelos corredores. Não podia mais continuar. A iminência do perigo me fez recuar. Desci os degraus com pressa, espiando a minha volta para ver se avistava algum movimento suspeito. Chamava incansavelmente o nome do homem que havia me convocado até ali e, sem resposta, comecei a me questionar se ele realmente existia. Naquela altura, duvidava até mesmo da minha própria vida.

Abandonei o local e resolvi caminhar pela estreita faixa de areia abaixo do prédio. A região era estranhamente familiar. Vagamente, mas, ainda assim, aquela praia não me era estranha. Não sabia se já tinha estado nela em sonho ou se eram apenas as fotografias que eu havia visto do lugar que me traziam esse ar de reconhecimento. Ainda assim, andei sem rumo, observando as diversas casas em ruínas que assolavam a paisagem. Depois de um tempo caminhando, discerni um assobio em meio ao vento forte, e logo uma figura humana apareceu entre as árvores. O homem era muito idoso, com o rosto queimado, as costas curvadas e o corpo magro. Sem parar de assobiar, ele me chamou com as mãos e começou a se encaminhar para a mata densa que contornava a praia.

Mais uma vez chamei pelo nome da minha fonte, dessa vez em tom de pergunta e, novamente, fui ignorado. Não tinha outra escolha senão seguir o senhor em silêncio mata adentro. Ele continuava assobiando e, de vez em quando, olhava para trás para conferir se eu ainda estava ali. A noite foi caindo e cada vez mais o litoral e seus destroços ficavam para trás. Depois de mais de uma hora de caminhada pela trilha fechada, chegamos em uma fogueira ao pé da montanha, onde uma mulher, também idosa, cantarolava e falava sozinha palavras incompreensíveis. Ela sorriu ao me ver. O homem também sorriu e segurou em minha mão, me puxando para perto de sua companheira. Reparei que as mãos dele tinham marcas de queimadura e que uma delas não tinha alguns dedos.

Nos sentamos próximos ao fogo, os três se olhando, sem dizer uma palavra. Até que a senhora quebrou o silêncio e me perguntou se eu tinha fome. Neguei sem saber por quê. Talvez fosse o receio de não saber qual comida ela me ofereceria. Perguntei a ela se aquele era seu marido e se fora ele que me escreveu, pedindo para que eu viesse à aldeia. Ela negou.

— Eu que te escrevi — disse-me num sorriso sério —, ele não é meu marido, somos apenas companheiros de estrada. Não sei seu nome. Então o chamo de Velho.

— Vocês se conheceram há pouco tempo? — perguntei.

Ela mais uma vez negou.

— Ele já é velho há muitos anos. O Velho não sabe falar. Não sabe ler. Não sabe escrever. Mas já soube.

A mulher então me contou que eles eram criaturas da montanha. Farejaram-se e reconheceram-se. Eles se cruzaram em diferentes momentos da vida e agora se cuidavam.

—Afinal, não há muito mais por aí, não é menino? — Achei que ela falava com o Velho, mas logo percebi que era a mim que ela se direcionava.

Aquela situação me intrigava. Então ela continuou:

— Esta é uma terra que serve ao mar, do mar viemos e ao mar iremos voltar. Escute a profecia. A montanha voltará a ser engolida pelo mar, mesmo que demore muitos séculos. E nós nos afogaremos nele antes disso porque da montanha não sairemos. O mar está avançando. Você vê? Você viu? Vamos subir a montanha. Da montanha não sairemos. Não temos mais força para subir muito longe. Morreremos.

— Eu posso ajudar — disse, mesmo sem me dar conta das palavras que escapavam da minha boca.

Ela pediu com a mão que eu me calasse. E seguiu:

— Queremos morrer. Estamos cansados. Mas, antes, precisamos contar nossa estória. Nós te conhecemos desde menino. Você gostava de ouvir nossas estórias. Você se lembra?

Eu não me lembrava.

— Esta é uma terra que serve ao mar, somos bichos da terra, mas ao mar queremos voltar. Nossa estória, nossa estória. Velho. Você se lembra do menino? O menino que subiu a montanha. O menino que te encontrou. Você não se lembra?

Eu me lembrei.

— Eu já estive aqui. Eu nasci aqui? Mulher, eu nasci aqui?

— Velho, o menino está se lembrando. Você se lembra dos tentáculos que se enfiavam dentro do seu lençol, nos dias em que seu corpo sangrava com a lua?

Perturbado, me levantei e vomitei com aquela memória. O que estava acontecendo?

— Os tentáculos levaram sua mãe. Você se esqueceu. Mas você voltou. Diferente, mas voltou. Porque a montanha nunca nos abandona. Porque o mar te quer de volta. Você também é filho do Mar.

Fui me afastando. Minha cabeça girava. Eu estava desnorteado, infeliz e sentia calafrios. Quanto tempo tinha se passado desde a última vez que eu estive nessa praia? Será que conseguiria reconhecer a casa da minha família? Depois do vômito, senti as lágrimas quentes me atingirem. A terra parecia estar se abrindo sob os meus pés e eu lembrei da imagem da montanha explodindo em lavas vulcânicas. Olhei para cima e tudo continuava igual. Voltei a me aproximar da fogueira e através das chamas pensei ter visto o lobo-guará ferido, mancando à distância. O Velho havia sumido. Assim como sua companheira.

ALGUÉM QUE JÁ DESAPARECEU

Minha avó escreveu esta carta para minha mãe antes de desaparecer. Eu já tinha nascido, e mãe Lúcia, com medo que eu quisesse me entregar ao Mar, escondeu de mim e de nossa família o destino de Vó Alzirinha. Disse que ela tinha enlouquecido, e que foi-se embora sem deixar rastros. Ela nunca chorou por sua mãe, o pavor de seguir a profecia das mulheres-peixe fez com que não sentisse tristeza, ou luto. O único sentimento que cabia em seu corpo era medo. Mas ela nunca se desfez da carta. Um dia eu a encontrei.

"Agora, já próxima de minha partida, conto o que vi, na esperança que acredite sem que precise se preocupar com minha integridade física. Sou mulher forte, não tenho medo de bicho, nem de mar, e por isso te digo para que também não tenha e que, quando chegar sua hora, venha me encontrar de bom grado nas profundezas das águas.

Era noite de Maré Viva, eu já estava por muito cansada de tanto ver as nossas partirem, sem que eu soubesse para onde iam. Eu tinha a intuição, ou o instinto, como queira chamar, mas precisava tirar a prova. Então deixei que os ruídos me conduzissem. O barulho que escutava, não sei se todos escutavam, mas parecia uma língua desconhecida, ao mesmo tempo que parecia carne percorrendo a areia, uma carne gosmenta, molhada, mas muito familiar. Tinha som de estômago com fome, ou de útero com cólica, um som ansioso, e se tivesse cor, seria vermelho. Segui esse som, que logo descobri que acontecia dentro de mim, mas também na terra. No coração da terra. Confesso que pensei que tava sonhando, mas minha pele tava toda arrepiada, e meu cabelo endurecia com a maresia. Me veio um gosto de sangue, como se eu estivesse mordendo meu próprio lábio. E eu estava. Quando vi, o mar me engolia, e eu não sabia nem sequer como tinha chegado lá. Nadei no mar revolto, ou fui levada por ele até o delta d'água. Senti a água acalmando e se tornando doce, na estranha transição entre mar e rio. Sempre percebi o mar mais sincero. Fato é que a escuridão tomava conta de tudo, e, quando consegui firmar meus pés nas pedras, escutei o barulho ficando cada vez mais alto. Fui me aproximando de uma grande pedra e, em volta dela, centenas de moluscos entravam e sa*í*am da água do mar. Iam e vinham. Iam e vinham. Foi quando me dei conta que não eram apenas bicho, mas que seus corpos também eram de gente. Então apaguei. Como num feitiço, acordei no dia seguinte sem lembranças de como tinha voltado para a minha cama. Cheguei a duvidar se tudo o que experimentei era apenas um sonho. Eu estava de volta a minha vida banal, mas minha pele já começava a se transformar."

Alzirinha foi a primeira anciã da Praia a desaparecer, depois dela, outras não tardaram a se juntar. Ao que, permanecia mistério. Mas muitos se lembravam das estórias contadas sobre as mulheres-peixe. A similaridade era enorme: um grupo de mulheres que sentia uma atração incontrolável pelo mar e logo desapareciam. Só que, no caso da minha avó, o grupo era de anciães pescadoras e não de madames vindas de outras cidades. Não tardou para que a associação de moradores da Praia passasse a determinar regras estritas de permanência no mar. Mesmo com todas as evidências, e com a atmosfera de desconfiança que tomava nossas fronteiras, minha mãe continuou negando que o sumiço de Alzira tivesse qualquer coisa a ver com as criaturas marinhas. Para ela, tudo isso não passava de lendas, coisas que foram passadas de geração em geração para fazer com que as crianças não entrassem no mar desacompanhadas. Quando eu encontrei a carta, ela me disse: Marina, isso é lorota. Vê como Alzira tava doida. Marina, você é moça inteligente.

Além das medidas restritivas adotadas pela comunidade em relação à entrada e saída no mar, as pessoas começaram a ter ódio das criaturas marinhas. Os moluscos se tornaram o principal alvo de perseguição e nem mesmo sua carne o povo queria comer. Tinham medo de vir deles a maldição. Isso porque, no tempo em que as mulheres-peixe desapareceram, reaparecendo anos depois, outro acontecimento incomum passou a ser presenciado na Praia: uma infestação de polvos que surgiam escorregando nos limos e retornando ao mar num tempo tão breve, que quem os via desconfiava se tinham realmente aparecido. Nas noites de lua cheia, os animais povoavam a região de tal forma que era possível encontrar vestígios de tentáculos e ventosas espalhados por diversos cantos do vilarejo. Há quem diga que polvos foram avistados nos banheiros dos capitães, como eram chamados os maridos das madames desaparecidas, e uma das empregadas dessas famílias, jurou que encontrou um deles morto entre os lençóis sujos de sangue da filha do patrão, que estava de lua naquele dia.

Os pescadores que tentavam pescá-los relataram que, quando encontravam o bicho e olhavam nos olhos dele, sentiam um aperto profundo no peito. Os polvos envolviam seus braços com os tentáculos e, se eles não reagissem rápido, desmaiavam como se um feitiço saísse daquela carne pegajosa. Minha avó, que era menina nesses tempos, disse que algo parecido aconteceu com o seu pai. Ele pescava no mar aberto, próximo das ilhas, e subitamente apagou. Não se lembrava de nada. Quando acordou já era noite e seu barco tinha se afastado quilômetros da costa. Então ele sentiu algo estranho percorrendo a pele e, no escuro, conseguiu distinguir diversos tipos diferentes de moluscos subindo por todos os seus membros.

Mesmo que minha mãe dissesse não acreditar em nada disso, nas noites em que a lua brilhava afoita e os ruídos noturnos indicavam manifestações incomuns, quem sabe até sobrenaturais, ela corria para trancar todas as portas de casa, escondendo as chaves e empurrando os móveis em direção a porta. Pegava seu terço e se trancafiava no quarto. Houve uma época em que ela me puxava para ficar junto dela, rezando no escuro de frente para a chama de uma única vela acesa. Não durou muito tempo.

Eu nunca tive medo do mar, ou de suas criaturas. Lembro de sonhar acordada com elas, esperando o dia que me encontrariam também e me levariam para o seu mundo, fosse ele qual fosse. Porque esse mundo estava ruindo. E eu me destruía junto dele.

Agora o balneário já não era mais o mesmo dos tempos de glória da época dos capitães: algumas casas foram destruídas pela força das marés e outras permanecem à venda, abandonadas por seus moradores. Não existem compradores possíveis para os imóveis daqui. No entanto, os caiçaras, em sua grande maioria, parecem querer perseverar. Temos muito afinco e vontade. Mesmo com todas as mudanças sofridas na nossa aldeia, o mistério das "mulheres-peixe" continua rondando o imaginário coletivo, sendo agora atualizado pelas anciãs e outras pessoas que também sumiram dentro do mar. Entre elas, homens e crianças. Algo que parecia impossível décadas atrás. E isso acabou fazendo com que muitos pescadores e pescadoras deixassem de entrar no mar. Ou cogitassem ir embora, com receio de desaparecerem. Nossa comunidade está cada vez mais pobre. Nossos recursos estão escassos. E, por mais que essas lendas atraiam cineastas, escritores e curiosos de diversas cidades e até mesmo de outros países, e tenha se convertido em fonte de renda para muitas pessoas, que agora criam até santinhos com imagens de mulheres meio sereia, meio polvo, nossa gente ainda fica muito assustada com esses eventos. E o dinheiro do turismo não é suficiente para o território se manter de pé, tampouco para dar um jeito em todas as construções destruídas pelas ondas. Elas permanecem como ruínas fantasmagóricas à beira-mar.

Diferente das sete esposas dos capitães, nenhum dos corpos desaparecidos desde então foi encontrado. Vó Alzira nunca foi encontrada. Muitas expedições foram realizadas, mas nenhuma delas foi bem-sucedida. Então eu continuo. Minha mãe chora a cada vez que eu saio para o mar. Tento consolá-la, mas, no fim, não me importo tanto. Alzirinha disse na carta para a minha mãe: *quando chegar sua hora, venha me encontrar de bom grado nas profundezas das águas.* Eu sabia que minha mãe nunca se renderia a esse chamado. Ela seguiria resistindo em suas rezas. Então assumi que aquele recado era para mim, que a carta tinha sido escrita para que eu a encontrasse. Seguia esperando pelo chamado do mar. Por isso me enfiava nele todos os dias. Saía na madrugada, antes que qualquer outra pessoa estivesse acordada, e partia de barco até a borda das ilhas, que praticamente não existiam mais. Entre as raízes restantes do manguezal e a estreita faixa de areia, eu me equilibrava com minhas ferramentas de pesca específicas para moluscos.

Um dia ela apareceu. Uma criatura difícil de identificar, pequena e assustada. Parecia ainda jovem, ou até mesmo uma criança. Não consegui capturá-la. Fiquei encantada com seus olhos pequenos. Depois de um tempo, sentia que havíamos conquistado a confiança uma da outra, e dali em diante traçamos uma amizade incomum, algo que eu ainda não conhecia. Conforme os meses foram passando, aquele ser foi crescendo muito rapidamente, se desenvolvendo e, de certa forma, amadurecendo, chegando a uma fase adulta em que o seu corpo, que se assemelhava a um polvo, se modificou. Às vezes eu jurava que podia ver dedos nos seus tentáculos. E, em alguns momentos, um sorriso muito doce brotava no canto do que passei a identificar como boca.

Desconfiava que alguma mudança estava acontecendo na minha vida e que o chamado do mar que eu tanto esperava talvez fosse esse, muito mais delicado e simples do que a imagem de uma Maré Viva em noite de tempestade. Ainda não sei. Enquanto isso espero. Ainda espero.

IV

Segredos devem permanecer secretos.

Quem muito escava pode se deparar com um túnel que não deseja atravessar.

BROTAR

Não há vento que me derrube. Em meio à escuridão, eu me faço. Broto delicada, despertando de um sono profundo, enrolada nas minhas próprias pétalas. Ao me abrir, abro meus dentes, meus espinhos e meu perfume, muito mais perigoso que qualquer outra característica da minha anatomia — o néctar que produzo atrai bichos ao meu bel-prazer. Conforme minha fome e meu desejo, vou me transformando, porque cada bicho se sente atraído por um motivo diferente. Às vezes é a cor, outras é o cheiro, tem vezes que é a forma. Uma vez seduzidos, eles se aproximam e eu os abocanho.

É divertido perceber como os outros seres não conseguem resistir à atração. Sentem-se atraídos por algo que não compreendem e logo precisam se aproximar, cheirar, tocar. Durante o dia, enquanto durmo, sonho imagens disformes. Não sei se poderia chamá-las de imagens, ou se na língua dos homens elas são apenas sensações. O fato é que sonho. E nos sonhos estão as memórias da terra, aquilo que preciso saber para me adaptar às novas condições que cada despertar traz. Quando o solo está mais ácido, entendo que precisarei assumir um corpo específico para atrair o alimento necessário àquela adaptação. E assim por diante.

Existe também um sentido de defesa nos espinhos que carrego. Porque eu protejo a planta que me acolhe. Atraio todos os seus predadores para mim. E, quando tentam arrancá-la pela raiz, eu libero um veneno que atravessa as peles de bicho-gente, fazendo com que seus dedos se colem uns nos outros, ardendo e queimando o que tiver para queimar. Mas bicho-gente é ardiloso, eles sempre encontram uma forma de tentar me driblar. Por isso o perfume. Se eles têm ferramentas, eu tenho hormônios que eles desconhecem, e, em situações de urgência, libero o aroma inebriante capaz de intoxicá-los até a morte.

Por isso me chamam de Sentinela. Porque vigio e guardo o que me deu a vida. O que me abriga e me faz prosperar. Quem não nasceu nas ilhas tem medo das folhagens roxas, acha que são uma maldição, que se espalham e que logo vão dominar tudo. Mas eles não me conhecem. Não conhecem a flor que brota dessa planta quando tudo é escuro. Pois é no escuro que me faço viva. A escuridão me alimenta e é com ela que as Sentinelas se formam em rede, comunicando-se e espalhando-se pelo território. Aquilo que não se vê, espreita. Disfarçadas em nossa sedução, conversamos na língua que nos é própria, a língua do cheiro, e informamos para onde devemos ir ou o que devemos matar.

Não matamos apenas para nos alimentar. Matamos para nos defender. No dia em que os guarás uivaram o alerta sobre os capitães recém-chegados na aldeia, nós respondemos de volta. Há quem jure que ouviu um grunhido saindo das plantas que protegiam as ilhas ao redor da praia. E que esse grunhido foi emitido como uma frequência tão aguda e tão forte, que não precisava de matéria para ser vista. Quando a visão acontece sem os olhos, materializando o invisível, ela se torna intuição. Nós, Sentinelas, grunhimos todas juntas naquela noite. E os nativos das ilhas, fossem eles bicho-gente ou não, teriam ensurdecido se não parássemos a tempo. Eu não estava lá, ainda não tinha brotado, mas a nossa carne é carne compartilhada. Então eu guardava na minha todas as memórias das Sentinelas, passadas semente a semente, fruto a fruto. A mensagem daquele grunhido foi decodificada por nossos poros, sendo absorvida e comunicada, para as que vieram antes de nós e as que viriam depois. Assim soubemos que dali em diante deveríamos nos movimentar.

E nos movimentamos. Foi a partir desse evento que nos espalhamos perversamente pelas bordas das ilhas, criando uma barreira natural aos seres que ali não pertenciam. A polinização fez com que chegássemos ao povoado, sorrateiras, sem que ninguém percebesse nossa presença. Os bicho-gente, todos eles, capitães ou caiçaras, quando notaram a primeira de nós, fizeram de tudo para impedir que nos tornássemos uma praga. Não adiantou. Já tínhamos nos instalado. Por mais que eles nos arrancassem quando ainda éramos miúdas, nossa raiz permanecia, e logo retornávamos à terra. Às vezes por outros cantos, cantos mais escondidos, cantos onde conseguimos nos desenvolver o bastante para cultivarmos nossos venenos, espinhos, dentes e hormônios. Nós chegamos à aldeia porque os territórios das ilhas logo se tornaram lenda. Desapareceram. Foram engolidos pelo Mar. Mas, antes disso, cumprimos todas as fases de mutação requeridas para transformá-los em refúgios. Refúgios às espécies que permaneceram transicionando, coexistindo na fronteira fluida entre Terra e Mar.

Quanto a mim, eu fui um desses pólens levados à aldeia por uma abelha. Ela me transportou até o cume da montanha, onde já existiam outras de nós. Aquele pareceu um bom habitat para firmar raiz, já que lá embaixo as ondas cresciam cada vez mais fortes, destruindo casas e tornando o solo hostil, difícil para as Sentinelas se reproduzirem. Também conseguimos nos proliferar em paz, já que a pedra despertava pouco interesse nas pessoas. Elas estavam mais ocupadas tentando se afastar o máximo possível da costa, sem que fosse necessário abandonar a aldeia. Algumas se arriscaram na construção de um novo vilarejo entre os declives da montanha, sem sucesso. Era difícil para o bicho-gente mudar de hábito. Ali, entre as ruínas dessa tentativa de povoado, eu cresci. Cresci e me transformei o bastante para devorar os dedos do homem que habita as montanhas.

Devorei porque estava faminta. Outros bichos que costumavam me alimentar estavam extintos. Poucos são os insetos que ainda pousam em mim. E devorei por instinto de proteção. A passagem das Sentinelas para a Praia não ocorreu sem metamorfose. Nós estávamos sentindo os efeitos das alterações no ar, no solo e nas águas. Tudo havia se modificado radicalmente. Minha espécie já tinha passado por muitas transformações para se adaptar à deficiência de nutrientes. Se antes a carne humana não fazia parte de nossa alimentação, agora a digerimos com facilidade. Porque não somos mais apenas plantas que florescem no escuro, seduzindo predadores em armadilhas dóceis. Somos alguma outra coisa que habita as montanhas e que desperta ao luar, movimentando-se furtivamente e absorvendo de nossas presas aquilo que nos fortalecerá.

ESCAPAR

Nado e sinto as escamas brotarem sob a pele descamada. Algo se abre nas minhas costelas. Guelras? O prazer atravessa o meu corpo toda vez que me entrego ao Mar. Durante a metamorfose, minha pele regozija e se expande. Vira escorregadia.

Então acordo suada.

Mão na boca para evitar o grito.

Olhos despertos pela aflição.

Sonho ou verdade?

Sinto a cama molhada.

Suor ou água do mar?

Em desespero, me levanto antes da aurora e corro até o Mar.

Submersa, observo o movimento selvagem das ondas e imagino meu corpo se dissolvendo nelas, entrando no abismo e se transformando em qualquer coisa misteriosa, aberrante. Uma criatura que não precisa prestar contas de sua própria sobrevivência. Estranha ao olhar do outro e quebradiça ao meu próprio olhar.

Monstros repelem e seduzem.

O corpo humano me limita. Tentei elaborar métodos para desaparecer. Estratégias. Experimentos. Nenhum foi tão eficaz quanto me fundir às águas.

Céu rosa-alaranjado, em fogo. Faíscas. Labaredas se deitam em mim, se dobram ao mar e tudo é silêncio, tudo é solidão, tudo é um campo tão vasto, tão vasto, que parece infinito. Nessas horas eu sei. O mar é meu. Eu sou dele. Ondas em avalanche me furam. Crescem uma atrás da outra. Umas me engolem e eu fraquejo sem ar. Pulmões em brasa, olhos abertos, grãos de areia se enfiam nos meus ouvidos. Eu capoto e vou parar na terra. Não quero saber. Volto imediatamente às águas porque quero me afogar, quero sentir a sensação de descompasso. Quero que o mar me engula por completo e não me cuspa para fora. Quero que ele me cuspa para dentro.

Até ela surgir. E com ela as ondas se acalmam.

Seus olhos são rasgados. Seu cabelo deve ter o tamanho do seu corpo todo. Sua boca é vermelha e rachada. Seus dentes são afiados. Mas ela não mostra os dentes. Nem a boca. Ainda. Ela mostra só os olhos. E os olhos hipnotizam. Nós duas começamos a nadar em círculo, meus olhos presos nos seus, os dela nos meus. Não vi de onde veio.

É como se ela acordasse das profundezas com a minha presença.

Parece um fantasma. Mas tem uma carne densa.

Nadou para o outro lado. Quebrou nosso elo. Deu uma cambalhota para trás e desapareceu no fundo do Mar.

Essa foi a primeira vez que a vi.

Acordei. Minha cabeça estava turva. Febril. Minha mãe me dizia: você vai se perder. Você vai se perder como elas se perderam. Por quê? Me conta sobre elas. Eu sonho com as mulheres-peixe e acordo dentro d'água. Minha mãe me dizia: você deve tá enfeitiçada.

Minha mãe tentou um contrafeitiço. Minha mãe fez tudo o que pôde.

Não adiantou.

Noite de lua. Madrugada fria, escura. Fujo de casa. Na escuridão, me atiro nas ondas grandiosas e começo a perder, voluntariamente, as minhas forças. Não luto contra a tempestade porque não me importo. Deixo meu corpo afundar.

Antes de sufocar, dois olhos aparecem como faróis de um mundo subterrâneo, oblíquo, foragido, para sempre inalienável.

Depois, uma mão me puxa para a superfície. É a mão dela. A mão da dona dos olhos vertiginosos. No breu apenas corrompido pela luz prateada da lua cheia, sua pele emana um brilho furta-cor. Parecem escamas que se modificam conforme a luminosidade. Os dedos que me envolvem são compridos, oleosos. Colados uns nos outros, quase formam um órgão único pegajoso, digno de seres aquosos. Escorregadios. Mas firmes. Mesmo lânguida, ela me sustenta com confiança. Porque entremeada na umidade, existe um ressecamento, e no ressecamento, alguma estrutura enganchada na pele. Ventosas? Percebo que outros braços me seguram. Tentáculos? Só que estranhamente humanos. Ou sobre-humanos. Porque ultrapassam a humanidade que eu conheço. A humanidade que me limita e que eu tentei afogar nessas águas.

Eu quero matar a minha humanidade.

Os braços são dela. A pele é dela. Seus pés voltados para dentro me alisam e me envolvem. Quantos pés existem?

Uma onda enorme nos absorve.

Seus lábios tocam os meus, me dão ar e me permitem viver imersa como ela.

V

Há qualquer coisa que resta, há na reminiscência a construção de uma força invisível, comunidades desaparecidas que apenas em sua desaparição podem existir. Existem porque não podem ser capturadas. Elas firmam um pacto: seremos refúgio em nossa própria fantasmagoria, e este abrigo não é fuga, é constituição de reinvenção. Coreografia do incapturável, do que escapa e ressurge, espalhando-se quando ninguém está prestando atenção.

ONDE HÁ FATOS HÁ FÁBULA

Na manhã seguinte ao desaparecimento das sete mulheres, o dia amanheceu iluminado por um brilho especial. A tempestade, quando passa, carrega consigo as dúvidas, deixando a nitidez cobrir toda a superfície celeste. O mar ainda reverberava uma de suas maiores ressacas. Ondas enormes, vento feroz, e, nas ilhas, a chuva seguia firme, marcando a separação entre os dois territórios. Poucos maridos conseguiram deixar seus trabalhos nas cidades-satélites ao redor da aldeia para conferir com os próprios olhos o que estava acontecendo. Os que foram comunicados a tempo andavam de um lado para o outro na faixa de areia, alguns estáticos, em choque, sem saber o que fazer, outros desesperados, gritando e vociferando à procura de um culpado. Alguém precisaria levar a culpa pelo sumiço de suas mulheres. A uma certa distância, as crianças, filhos e filhas das esposas, olhavam assustadas, choravam em choros agudos ou em lágrimas silenciosas, mas choravam uma dor que ainda não conheciam. As babás seguravam forte em suas mãos e algumas delas também choravam. Sabiam que seriam elas o primeiro alvo da raiva dos maridos, que seriam consideradas culpadas, irresponsáveis. Não estavam vendo onde as patroas se metiam toda noite? Não as estavam vigiando? *Não, patrão, fui contratada para olhar as crianças, não sua esposa. Não, patrão, nunca notei nada de errado. Não, patrão, ela parecia bem. Não, patrão, nenhum outro homem passou pela sua porta.* Algumas delas também choravam por carinho às madames e por preocupação com as crianças. Os pescadores comentavam uns com os outros que alguém tinha contado para alguém que contou para outro alguém que viu, mar adentro, em meio aos raios que iluminavam a Praia, silhuetas de mulheres que nadavam e, jurava, tentáculos saíam de suas camisolas. Quem disse que viu, não se sabe, pois boatos apenas corriam, e se soubessem quem tinha visto, saberiam também quem havia deixado elas sumirem para sempre, sem nada fazer. Será que viram ou apenas sonharam?

Jerônimo, um dos capitães cuja esposa havia sumido, praguejava morte aos becos e às poucas ruas que ocupavam o vilarejo. Dizia que encontraria o homem que roubou sua mulher. A história do boto já não era mais factível, pois nunca viram o animal no rio, ou sequer a presença de algum homem misterioso, como costuma ser o caso quando a entidade se manifesta. Pouco importava. O capitão, sem ter a quem culpar, iniciou uma campanha de terror por onde passava. Bêbado praticamente todos os dias, atirava com seu rifle de caça noite afora, perturbando o sono e a integridade dos moradores da Praia. O pânico seguia se alastrando, agora intensificado pela violência de um ou outro marido. O caos foi oficialmente instituído quando não havia mais esperança de encontrar as esposas dos capitães. A Praia agora era notícia nacional. Alguns capitães foram presos ou internados, outros, de personalidade mais branda, conseguiram manter algum equilíbrio, auxiliando as equipes de resgate nas buscas pelos corpos. As esposas que restaram foram obrigadas a nunca mais entrarem no mar, sendo mantidas em casa ou afastadas daquela região.

Passados dois anos de busca, as sete mulheres apareceram mortas na Praia, como se estivessem sido devolvidas pelo mar. Seus corpos já não pareciam mais humanos. O que pareciam, no entanto, humano nenhum conseguiria descrever. Os maridos logo se adiantaram para não permitir que nenhuma fotografia fosse tirada, ou que qualquer jornalista se atrevesse a escrever sobre o estado em que todas se encontravam: rígidas, porém estranhamente maleáveis. Curvadas, porém estranhamente longilíneas. Desnutridas, porém estranhamente férteis. Pelo estado de seus corpos, foi constatado que haviam morrido há pouco. Seus ventres revirados ao avesso apresentavam peles remanescentes de ovos rompidos — ovos que, certamente, nenhuma genética humana seria capaz de reproduzir. Os médicos legistas chegaram à conclusão de que a morte das sete mulheres provavelmente havia ocorrido logo após o parto, um parto que desafiava os limites da lógica instituída até então.

Não havia protocolo para aquele tipo de resgate e a equipe encarregada, incapaz de reagir à aparência viscosa e gosmenta dos corpos ainda (estranhamente) femininos, percebeu, ao aproximar-se da pele revirada, que seus úteros, ou o que restaram deles, eram formados por um volume aquoso, uma espécie de massa pegajosa tão grotesca e absurda que não sabiam sequer como nomear. Placenta parecia ser o referencial mais próximo, mas, ainda assim, a estrutura física não se assemelhava ao órgão humano. No entanto, muitas das formas originais daqueles corpos permanecia identificável: dedos longos, mesmo que retorcidos, rostos com olhos, narizes e bocas, mas sem sobrancelhas, e, de certo, os narizes e bocas haviam se transformado para melhor se adaptarem ao ambiente marinho. As línguas, agora muito longas, possuíam espécies de sensores com a aparência de ventosas, similares a praticamente todo o revestimento externo de seus corpos, úmidos e pegajosos.

— Elas viraram... sereias? — um dos viúvos se pronunciou.

Ninguém foi capaz de dizer mais nada. A massa pegajosa de seus ventres estava rompida, mas as mulheres não pareciam ter sofrido qualquer dor.

— Os ovos? Onde foram parar?

O caso foi arquivado. O fato se tornou fábula. Mas nem por isso foi esquecido.

* * *

Muitas foram as histórias contadas sobre as mulheres-peixe. Se já houve um tempo de festa no pequeno balneário, agora era um tempo de ruínas. E assim como as construções cediam ao avanço do mar, também as sete esposas dos capitães se tornaram fantasmas, lendas para alertar as crianças a evitarem o mar revolto. Mesmo assim, algumas pessoas ainda desapareciam de tempos em tempos. Muitas delas não costumavam se adequar às convenções tradicionais e encontravam no mar um refúgio para suas vidas afrontosas. O que as pessoas comuns não sabiam é que a entrega às águas não significava a morte, ou, nos casos mais temerosos, uma monstruosa fusão às criaturas marinhas. A entrega às águas significava a fundação de uma nova comunidade, uma comunidade fronteiriça entre terra e mar.

Para a população do vilarejo e das cidades-satélites próximas, salvo as raras vezes que submergiram, as ilhas haviam sido engolidas pelo mar, sendo um território impossível à espécie humana. Mas não a toda espécie humana. Nas últimas gerações, a fusão entre moluscos e pessoas reprodutivas evoluiu a ponto de alcançarem uma espécie metamórfica. Em termos simples, isso quer dizer que tal espécie, fruto de uma simbiogênese inesperada, alcançou o potencial de ativar metamorfoses conforme o desejo e a necessidade, habitando a fronteira em que toda a vida é capaz de proliferar, e toda aberração é capaz de resistir.

Essa parece uma boa estória para se contar.

ONDE HÁ FERRUGEM HÁ SONHO

Esse é um tempo onde não existe mais dor. Os restos espalhados por todo o litoral, os ruídos das memórias ainda vivas, as vozes que parecem ecoar pelo avesso das paredes, pelas fissuras das construções destruídas. Na praia, esqueletos de ferro permanecem erguidos como grandes criaturas mórbidas, corroídos pela maresia e pelas traças, que transformam os destroços em um verdadeiro banquete. Os fantasmas de concreto tornaram-se os guardiões da floresta. Aqui, as ruínas sobrevivem para afirmar que um dia a História atravessou esses solos. Elas provam que a Modernidade não foi um sonho dos Homens que a inventaram, ou um delírio daqueles que viviam à sua margem.

Mas a História é um rio turbulento, serpenteado por desvios e marcado por grandes pedras que se movem com a correnteza. Habitado pelos seres que interagem com o seu fluxo, e que, no entanto, fluem em seus próprios ritmos. Criam redemoinhos. Intensificam as correntes das águas. Provocam a morte de uns. Alimentam-se de outros. Reproduzem-se entre si. O rio da História nunca é um rio só.

A História tinha acabado?

Enquanto isso, eu vagava. Vagava em busca de vida, não de História. Vagava em busca dos refúgios que sempre existiram, das fronteiras móveis, cambiantes, do que se instaura como fuga e se constrói como desejo de perpetuação — do que escapa, do que não se conforma, do que não compactua com as paredes erguidas em muros de concreto impenetráveis. Procurei tanto, tanto, e por vezes me perguntei se o que eu procurava já tinha se desfeito; as casas de barro permeáveis ao tempo, permeáveis ao sonho. Casas de barro que se destroem para poderem continuar. Em algum momento, no tempo onde ainda havia dor, eu desejei que os refúgios se proliferassem, que as sombras da Floresta se alongassem derradeiras, engolindo o Velho-Novo-Mundo. Quando digo que as fissuras das ruínas civilizatórias permanecem porque têm algo a dizer, minto. Não há nada além de concreto vencido, tinta descascando, tetos em derrocada. Porém, a beleza do sol que atravessa, radiante, seus vergalhões e abóbadas caquéticas, indica que são vestígios, vestígios de uma era habitada. Lembro-me: onde há sol, há vida. Os vestígios são marcas do que perdura, instalando-se em solos passíveis à transformação. Assim que me enfio entre as ruínas, assobiando um chamado para quem ficou, as desperto. São as paredes que se entregam a mim e ressoam. Soltam seus pedaços de pele, me deixam conduzir poeira por entre os cantos e corredores. No meu sopro, examino o que resta, os rastros notáveis do Velho-Novo-Mundo entristecido hesitam em desaparecer. No entanto, os que desaparecem são os únicos guardiões da História, os lânguidos traços furtivos que surrupiam formas de distração para conduzirem as adaptações necessárias à continuidade da vida. À permanência. Das ruínas insistentes, visíveis, imortais, permanece o abandono. Dos seres invisíveis que habitam suas margens, desaparecidos em rotas de fuga à destruição, em movimento para continuarem incapturáveis, permanece a reinvenção.

Vagava à procura das comunidades clandestinas, as únicas que restam. Em minha procura, o tempo onde não existe mais dor é um tempo de saudade.

Diante dessa conjuntura, algumas vezes duvidei que alguém pudesse ter escapado. Que alguém pudesse ter se juntado a outro alguém e a outro alguém e a outro alguém e assim escapado. Eu estava descrente, preciso admitir. Eu que já havia visto de tudo, dos microrganismos às gigantes criaturas, do gelo ao deserto mais quente, do nomadismo à agricultura, passei a duvidar. Passei a ser vendaval, muitas vezes.

Nas comunidades que restam, eu, o Vento, faço parte de sua cosmologia como agência familiar. Mas agora que eu as chamava com meu sopro, agora que as buscava em meio aos destroços, a Floresta onde elas se escondiam parece ter se fechado. O mar onde elas se refugiam parece ter se aprofundado. Os seres que desaparecem se fecharam até a mim. Assobiava, mas não encontrava ressonância. Onde estavam?

ANA CLARA MATTOSO

corresponde palavra e imagem em ficções especulativas nos campos do cinema, da literatura e das artes visuais. Investigando a prática documental como uma fabulação etnográfica, seus filmes e escritos compõem um arquivo próprio de contranarrativas às ruínas dos nossos tempos. Formada em audiovisual pela Universidade Federal do Rio de Janeiro, com passagem no curso de Cinema na Université Paris 8, é mestre em Estudos Contemporâneos das Artes no PPGCA — Universidade Federal Fluminense.

este livro nasceu nas florestas guarani,
sob a benção de teju jagua,
deus das cavernas, grutas e lagos,
protetor das frutas e do mel da vida.